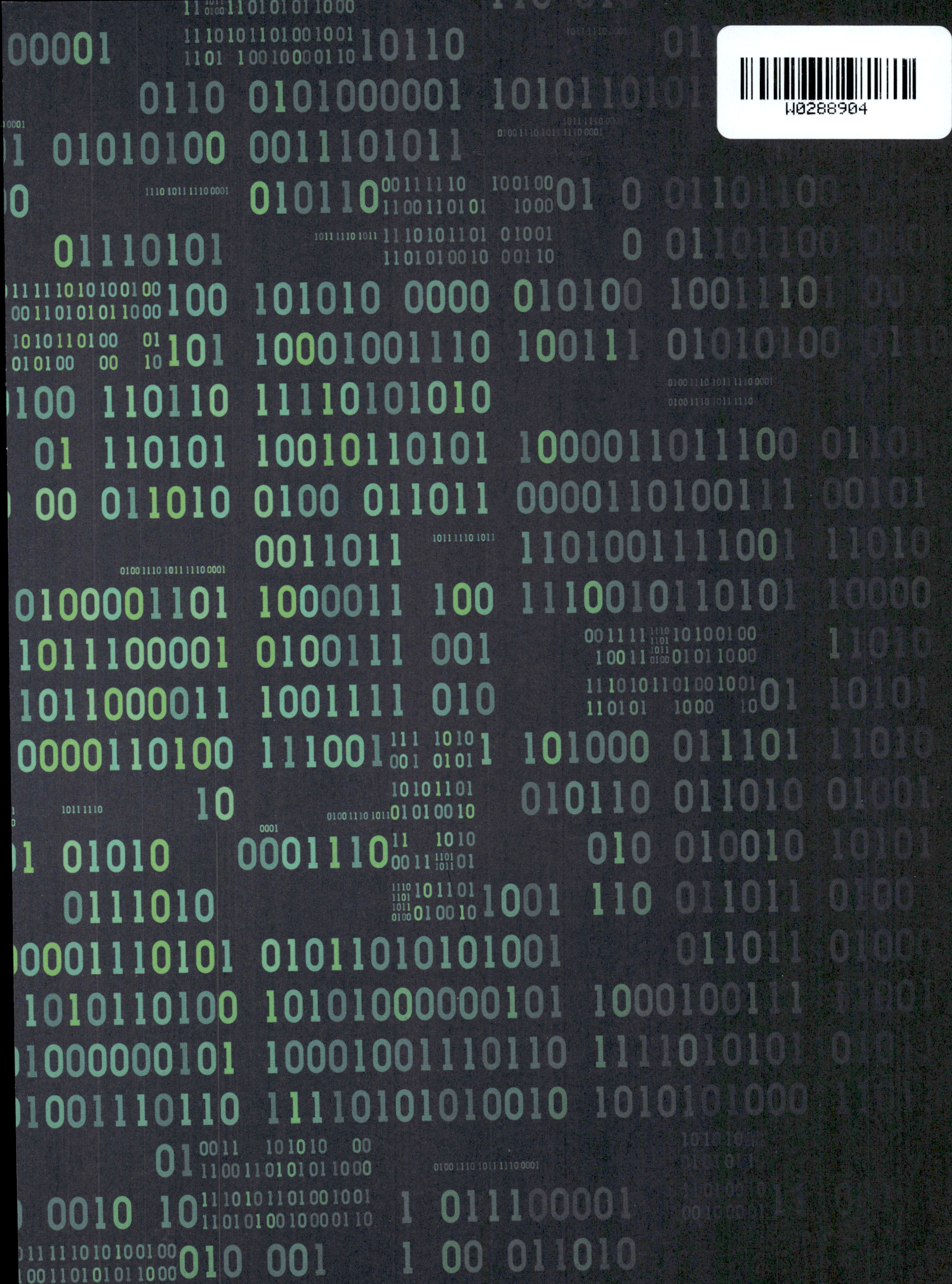

W0288904

LE GRAND BUG

À Stéphane,
Un grand merci à Michel Montheillet qui m'a poussé dans ce projet, ainsi qu'à Estelle Dumesnil pour sa confiance et son accompagnement.
Un grand merci aussi à Roberta Pierpaoli qui a su donner toute leurfougue aux personnages.

Jean-Christophe Tixier

Merci à Roberto et Stefania pour leur soutien tout au long de la réalisation de cet album !

Roberta Pierpaoli

Scénario : Jean-Christophe Tixier
Dessin et couleur : Yellowhale s.r.l. Creative Studio
Product manager : Stefania Bitta
Dessin : Roberta Pierpaoli
Couleurs : David Amici
Lettrage de l'intérieur : Ipokamp

ISBN : 978-2-822-23818-2

© 2023 Jungle
Des mondes à partager.

Jungle est une maison d'édition du groupe Steinkis.

Tous droits réservés pour tous pays.
Il est strictement interdit, sauf accord préalable et écrit de l'éditeur, de reproduire (notamment par photocopie ou par numérisation) partiellement ou totalement le présent ouvrage, de le stocker dans une banque de données ou de le communiquer au public, sous quelque forme et de quelque manière que ce soit.

Loi n°49-956 du 16 juillet 1949 sur les publications destinées à la jeunesse.

Première édition

Achevé d'imprimer en septembre 2023 en France par PPO Graphic.

Dépôt légal : ocrobre 2023

Jean-Christophe TIXIER · PIERPAOLI

LE GRAND BUG

PROJET OCTO ++

Jungle Frissons

BARREZ-VOUS VITE !
JE M'EN OCCUPE !
PROJET OCTO++
OCTO++
DRRIIING

DRRIIING
Léna
online
Aujourd'hui
T'es encore à la bourre !
MANUEL DE BRICOLAGE
CÉRÉALES
PROJET OCTO++
PROJET OCTO++
Tension du réseau :
2/10
Léna
online
Aujourd'hui
T'es encore à la bourre !
J'arrive.

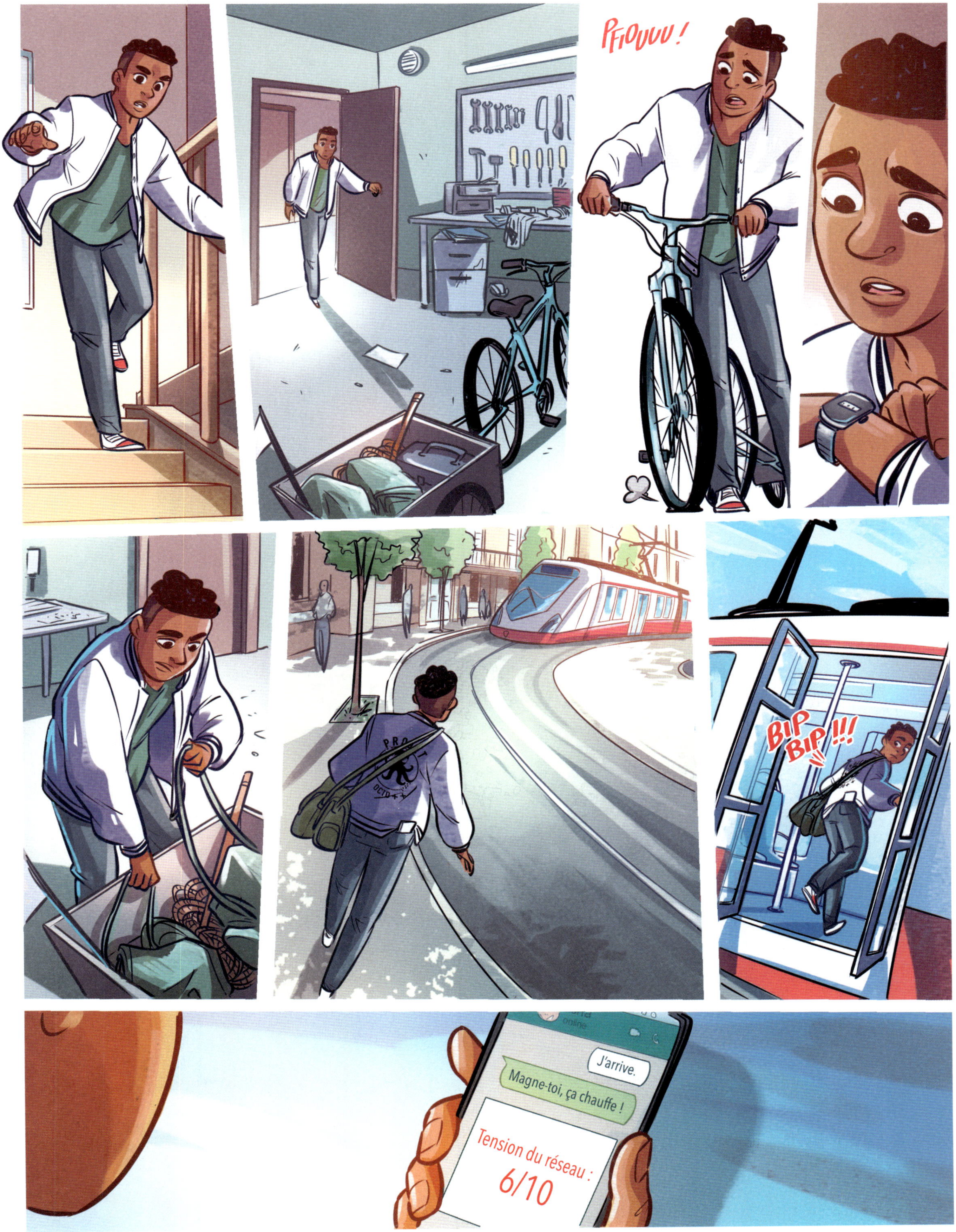
PFIOUUU !
BIP BIP !!!
J'arrive.
Magne-toi, ça chauffe !
Tension du réseau :
6/10

AHHHHHH
AÏE
JE VEUX DESCENDRE !
IL N'Y A PAS DE CONDUCTEUR ?
ÇA FAIT COMBIEN DE TEMPS QUE VOUS N'AVEZ PAS PRIS LE TRAM, JEUNE HOMME ?
CELA FAIT DEUX ANS QU'IL A ÉTÉ AUTOMATISÉ.
FAITES QUELQUE CHOSE !

ALARME
SKRIIIIIII
AHHHHH
VROOM
HELP
BUG
GRAN
BUG

ENFIN !
C'EST PAS PARCE QUE TU ES TOUJOURS LA PREMIÈRE À ARRIVER AU BUREAU QUE...
BIIIIIIIIBIIIIIIIBIIIIIIIII
LA SITUATION SE TEND. TOUTES LES AUTRES ÉQUIPES SONT DÉJÀ SUR LE TERRAIN.
Tension du réseau
7/10
LE BUG DU JOUR CONCERNE LES TRANSPORTS AUTOMATISÉS.
IL PARAÎT...

VOILÀ NOTRE MISSION : LA CABINE ENCHAÎNE LES MONTÉES ET LES DESCENTES SANS JAMAIS S'ARRÊTER AUX GARES. DOUZE PERSONNES À L'INTÉRIEUR. DONT DEUX ENFANTS. UNE FEMME QUI DOIT PRENDRE UN TRAITEMENT MÉDICAL TOUTES LES DEUX HEURES. ET UN HOMME QUI EST EN CRISE DE PANIQUE.
RESTE PLUS QU'À DÉSIGNER LE COORDONNATEUR DE LA MISSION !
C'EST MOI. ON A DÉJÀ FAIT LE TIRAGE EN T'ATTENDANT.
C'EST PAS LA PEINE DE FAIRE DES COMMENTAIRES DANS MON DOS !
IL EST TEMPS DE TESTER LE MATÉRIEL.
RIEN DE TEL QU'UN BON TRIPLE-CHEESE AU PETIT-DÉJEUNER !
TU VEUX QUE JE VOMISSE AVANT DE PARTIR EN MISSION ?
ARRÊTEZ, VOUS DEUX, CE N'EST PAS LE MOMENT.

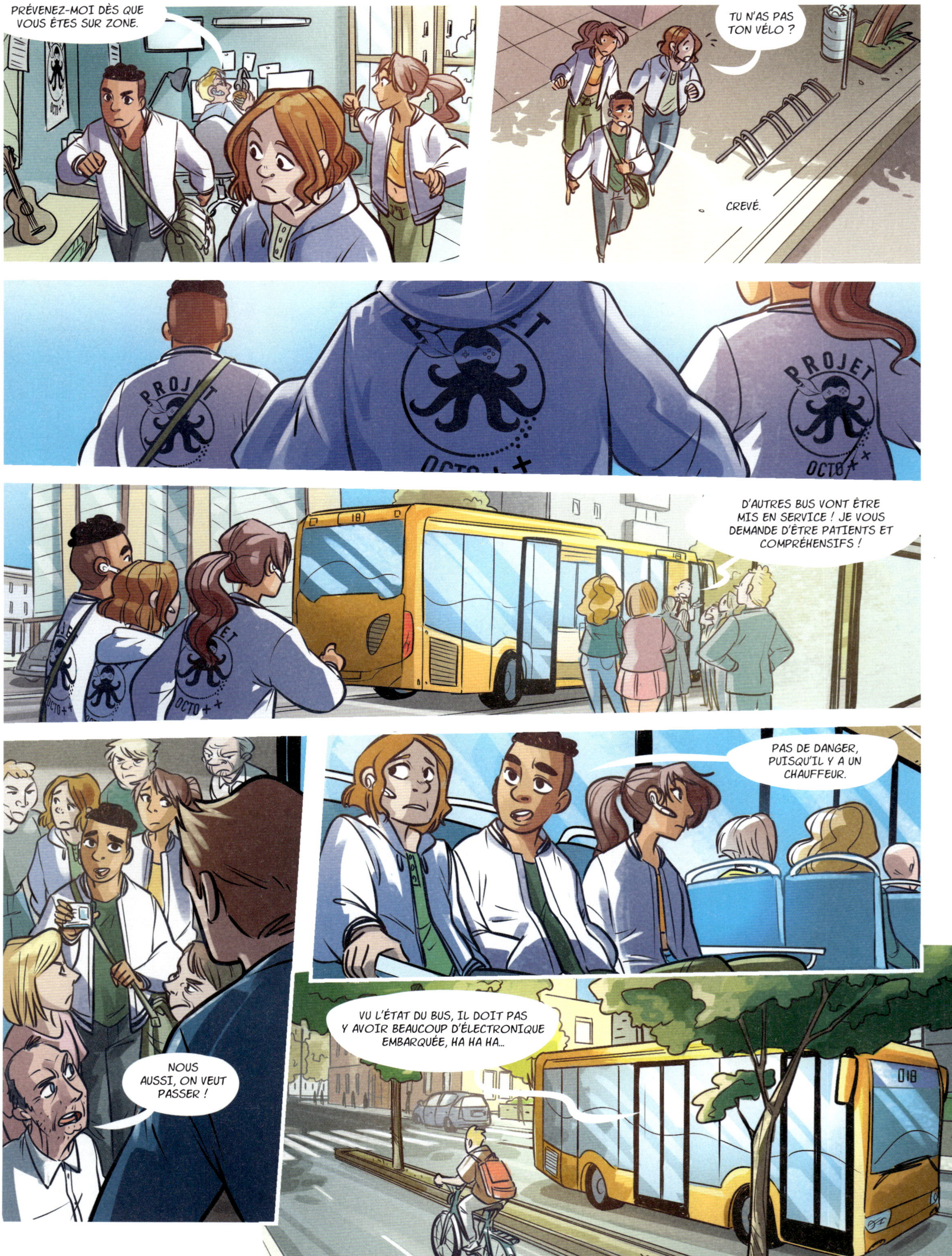
PRÉVENEZ-MOI DÈS QUE VOUS ÊTES SUR ZONE.
TU N'AS PAS TON VÉLO ?
CREVÉ.
D'AUTRES BUS VONT ÊTRE MIS EN SERVICE ! JE VOUS DEMANDE D'ÊTRE PATIENTS ET COMPRÉHENSIFS !
NOUS AUSSI, ON VEUT PASSER !
PAS DE DANGER, PUISQU'IL Y A UN CHAUFFEUR.
VU L'ÉTAT DU BUS, IL DOIT PAS Y AVOIR BEAUCOUP D'ÉLECTRONIQUE EMBARQUÉE, HA HA HA...

AAAAAHHH !!!
PRIMEURS
AU SECOURS !
LES AUTRES ÉQUIPES SONT DÉJÀ TOUTES AU BOULOT.
TOUJOURS PAS SUR PLACE ? QU'EST-CE QUE VOUS FOUTEZ ?
JE CUEILLE DES PÂQUERETTES POUR FAIRE UN BOUQUET POUR MA MÈRE.
TA MÈRE ? TU VEUX QUE JE TE RAPPELLE DEPUIS COMBIEN DE TEMPS TES PARENTS NE SONT PAS VENUS TE VOIR ?
OBJECTIF EN VUE ! CONCENTRONS-NOUS MAINTENANT SUR NOTRE MISSION.

ENFIN VOUS VOILÀ ! LE FUNICULAIRE FAIT DES ALLERS-RETOURS SANS JAMAIS S'ARRÊTER. LES PASSAGERS SONT EN PANIQUE ET...
ET ON MONTE LÀ-HAUT COMMENT ?
ÇA DOIT FAIRE AUTOUR DE 170 MÈTRES DE HAUT, NON ?
172 POUR ÊTRE EXACT.
PENSE AUX CUISSES D'ATHLÈTE QUE ÇA VA TE FAIRE.
ET... ET... UNE FOIS EN HAUT ?
PENSE PLUTÔT À CE QUE TU VAS DIRE AUX PASSAGERS POUR LES CALMER. LE RESTE, ON VA GÉRER.
PROJET
VOICI LE TRAITEMENT MÉDICAL POUR UNE DES PASSAGÈRES.
AU SECOURS ! JE NE VEUX PAS MOURIR.

AVEC ÇA, PAS DE RISQUE DE CHUTE, HA HA HA !
TU SAIS BIEN QUE J'AI LE VERTIGE...
ÉVITE DE ZIEUTER VERS LE BAS. TOUJOURS VERS LE HAUT. VERS MOI. LA VUE EST BELLE, NON ? HA HA HA !
N'ÉCOUTE PAS SES PROVOCATIONS À DEUX BALLES...
FACILE À DIRE.
LE VERTIGE, C'EST DANS LA TÊTE !
SI TU LE DIS...

AAAAAHHH !!!
OCTO +
COURAGE, GAB, PLUS QUE 72 !
100 MÈTRES
J'Y SUIS PRESQUE !

ON EST LÀ ! VOUS INQUIÉTEZ PAS !
ON VA ESSAYER DE TROUVER UNE SOLUTION !
ESSAYER ?!
COURAGE !
TU Y ES PRESQUE.
VOUS AVEZ MON TRAITEMENT ?
JE VOUS LE DONNE À VOTRE PROCHAIN PASSAGE !
PLUS QUE DIX MÈTRES, GAB. T'ES UN CHAMPION !

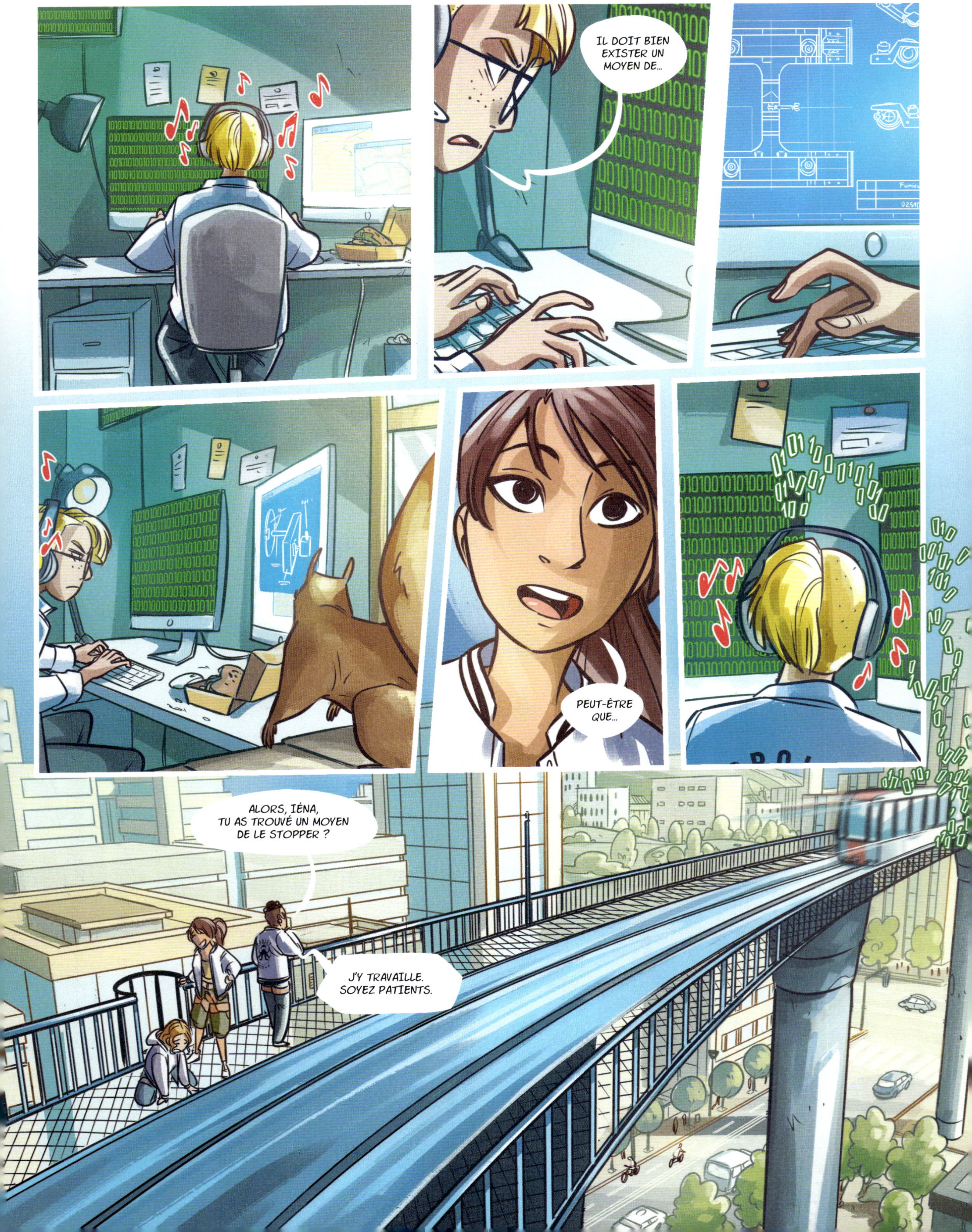
IL DOIT BIEN EXISTER UN MOYEN DE…
PEUT-ÊTRE QUE…
ALORS, IÉNA, TU AS TROUVÉ UN MOYEN DE LE STOPPER ?
J'Y TRAVAILLE. SOYEZ PATIENTS.

ON N'A PAS LE CHOIX... ON NE PEUT PAS ATTENDRE QUE IÉNA STOPPE LE FUNICULAIRE.
OK...
À L'APPROCHE DU FUNICULAIRE, ON COURT, ET ON S'Y ACCROCHE AVANT DE MONTER DEDANS.
TU ES SÛRE ?
TOUT VA BIEN SE PASSER.
C'EST BON, JE L'AI STOPPÉ. MAIS C'EST TEMPORAIRE. MAGNEZ-VOUS !
IIIHH !

OUAF OUAF
TU AS PEUR DES CHIENS ?
ON S'EN FICHE ! JE N'AI PAS RÉUSSI À EFFACER LE BUG, MON CORRECTIF NE VA PAS DURER LONGTEMPS !
BONJOUR, JE M'APPELLE GABRIEL, MAIS VOUS POUVEZ M'APPELER GAB. LA SITUATION EST DÉSORMAIS SOUS CONTRÔLE. TOUT VA BIEN SE PASSER.
RESPIREZ À FOND, AVEC LE VENTRE ! FERMEZ LES YEUX ET IMAGINEZ UN ENDROIT FAMILIER, OÙ VOUS VOUS SENTEZ BIEN.
C'EST BIEN ! BRAVO ! VOUS ALLEZ MAINTENANT SORTIR UN PAR UN DU FUNICULAIRE. MES COLLÈGUES, TOM ET LOU, VONT VOUS PRENDRE EN CHARGE.
JE PERDS LE CONTRÔLE ! VITE ! LE FUNICULAIRE VA REDÉMARRER !

GO !
PLUS QUE CINQ !
ATTRAPE-LE.
NON !
VITE, LE FUNICULAIRE RISQUE À TOUT MOMENT DE REPARTIR.
JE... JE NE PEUX PAS !
CLONC !
??
QUAND EST-CE QUE TU AS FAIT ÇA ?!
QUAND CERTAINS SE LAMENTENT, D'AUTRES AGISSENT.
CRAC !

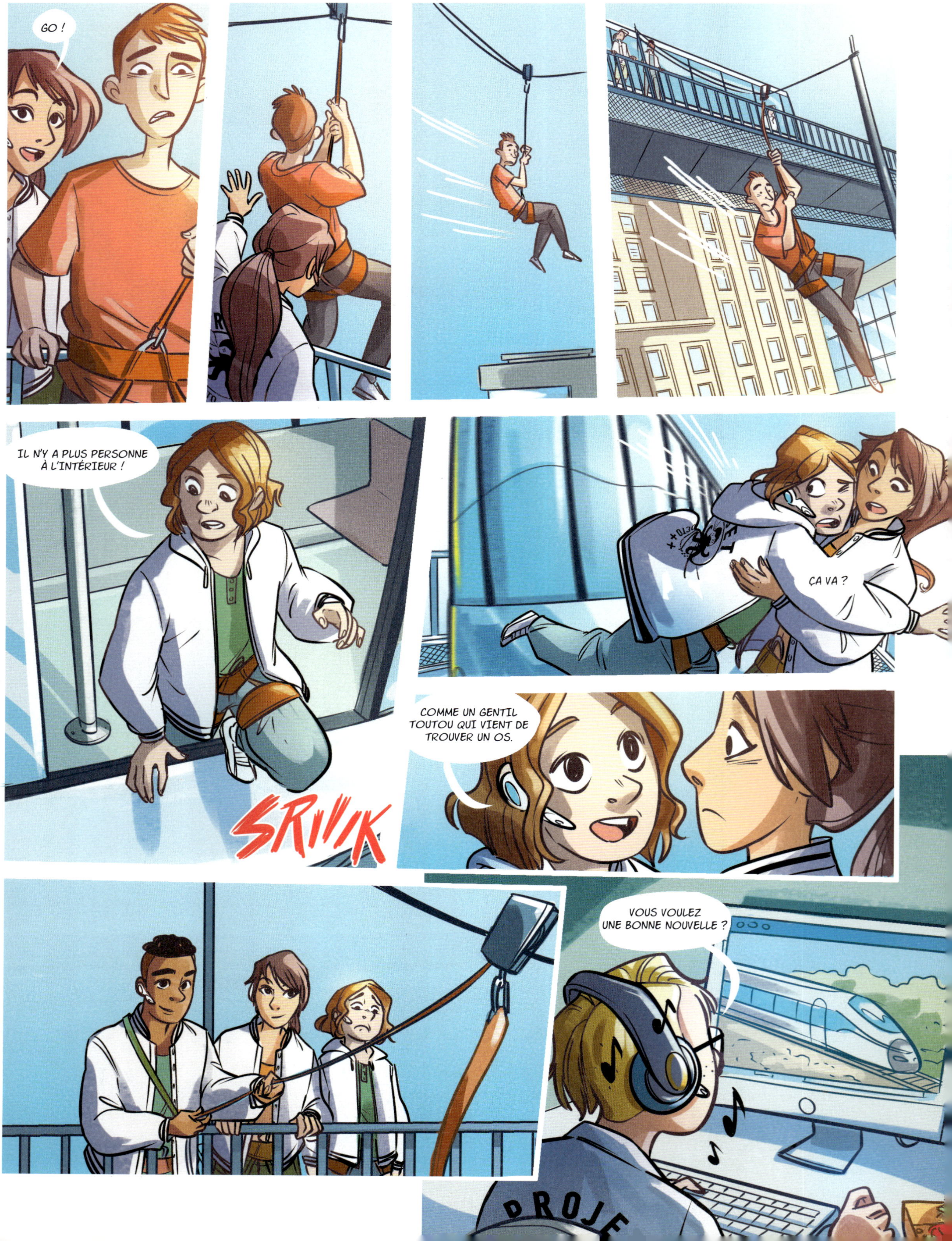
GO !
IL N'Y A PLUS PERSONNE À L'INTÉRIEUR !
ÇA VA ?
SRIIIK
COMME UN GENTIL TOUTOU QUI VIENT DE TROUVER UN OS.
VOUS VOULEZ UNE BONNE NOUVELLE ?
PROJE

UN TRAIN FOU LANCÉ À PLEINE VITESSE NOUS ATTEND !
QUOI ???!!!

LE SUPERVISEUR A VU L'EXPLOIT DE TOM DANS UNE RAME DE TRAM CE MATIN !
IL ÉTAIT LÀ ?
LUI, NON... MAIS SA MÈRE, OUI.
MAIS... UN TRAM... ÇA N'A RIEN À VOIR AVEC UN TRAIN LANCÉ À PLEINE VITESSE !
TU PEUX TOUJOURS ALLER LUI EXPLIQUER. MAIS CE SERAIT DOMMAGE...
DOMMAGE ??!
SI ON RÉUSSIT, ON OBTIENDRA UN BUREAU PLUS GRAND... AVEC UNE SALLE DE REPOS...
QU'ON POURRA AMÉNAGER À NOTRE GUISE.

ON NE PEUT PAS LAISSER PASSER UNE OCCASION PAREILLE !
OCTO++ ! C'EST HUIT FOIS PLUS PLUS !
TU PEUX NOUS EN DIRE PLUS SUR CE TRAIN ?
1 200 PASSAGERS. 312 KM/H. SYSTÈME DE FREINAGE INOPÉRANT. DÉBUT DE SURCHAUFFE DU MOTEUR...
ET POUR MONTER DEDANS, ON SE POSTE SUR LE BORD DE LA VOIE EN TENDANT LE POUCE COMME SI ON FAISAIT DU STOP ?

PROJET
OCTO++
RP183RB
312 km/h
PROJET
Bzzzzz
Bzzzzz

TU AS DU NEUF ?
IÉNA ?
ÇA VA ?
LÂCHEZ-MOI
DEUX MINUTES, SINON
JE NE VAIS PAS Y
ARRIVER...

J'AI FAIM...
MOI AUSSI. LE STRESS M'A TOUJOURS CREUSÉ L'ESTOMAC.
J'AI BESOIN DE SILENCE !
PROJET
BZZZZ
VOUS AVEZ FAIM ?
VOTRE COORDONNATRICE DU JOUR A TOUT PRÉVU.
HamHam
BON APPÉTIT !
Ham
TU APPELLES ÇA DE LA NOURRITURE ?

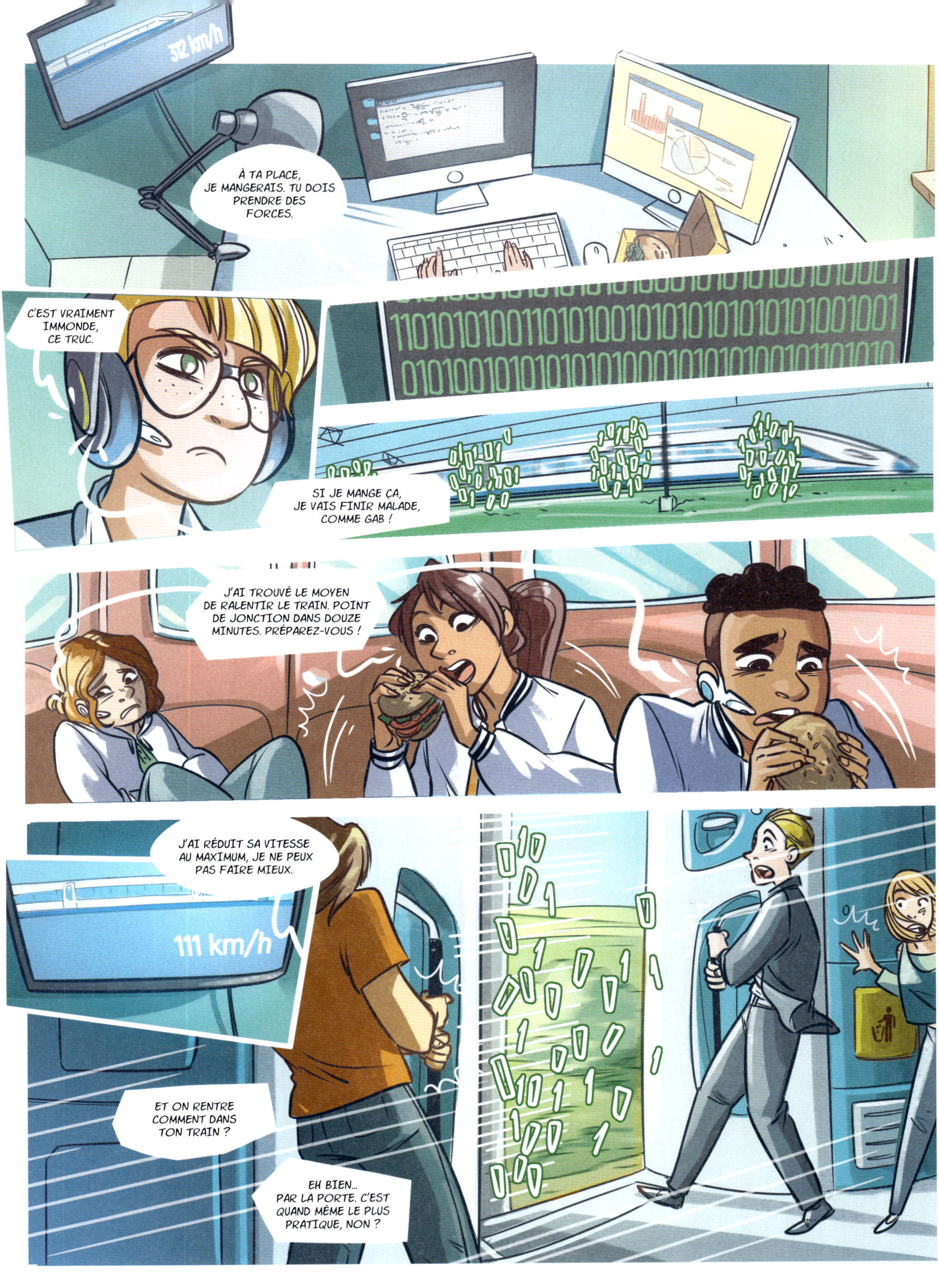
312 km/h
À TA PLACE, JE MANGERAIS. TU DOIS PRENDRE DES FORCES.
C'EST VRAIMENT IMMONDE, CE TRUC.
SI JE MANGE ÇA, JE VAIS FINIR MALADE, COMME GAB !
J'AI TROUVÉ LE MOYEN DE RALENTIR LE TRAIN. POINT DE JONCTION DANS DOUZE MINUTES. PRÉPAREZ-VOUS !
J'AI RÉDUIT SA VITESSE AU MAXIMUM, JE NE PEUX PAS FAIRE MIEUX.
111 km/h
ET ON RENTRE COMMENT DANS TON TRAIN ?
EH BIEN... PAR LA PORTE. C'EST QUAND MÊME LE PLUS PRATIQUE, NON ?

JONCTION DANS TROIS MINUTES !
GAB EST AU PLUS MAL. FAUDRA PAS COMPTER SUR LUI.
PROJET
ET UNE FOIS DEDANS, ON FAIT QUOI ?
DRRIIING
MAMAN ?
OUI, MON CHÉRI. ÇA VA ?
VOUS ÊTES RENTRÉS ?
OH, NON. NOUS SOMMES SI BIEN SUR CETTE PETITE PLAGE DÉSERTE QUE NOUS ALLONS PROLONGER UN PEU NOTRE SÉJOUR.
LONGTEMPS ?
UN MOIS... PEUT-ÊTRE DEUX... ON VERRA. ET TOI, ÇA VA, MON CHÉRI ?
EUH... OUI.
C'EST PARFAIT. JE TE RAPPELLE BIENTÔT. JE T'EMBRASSE, MON CHÉRI. CLIC.
00:15
IL ÉTAIT TEMPS QU'ELLE RACCROCHE. JONCTION DANS 15 SECONDES. 14, 13...
JONCTION !
RP 183 RB

PROJET
ET MAINTENANT ?
JE CHERCHE TOUJOURS UN MOYEN !
ET SI TU NE TROUVES PAS ?
TU AS OUBLIÉ NOTRE DEVISE ? OCTO++, C'EST HUIT FOIS PLUS PLUS !
FAUT RESTER POSITIF ! ÇA NE TE FAIT PAS DU BIEN DE PARLER À TA MÈRE...

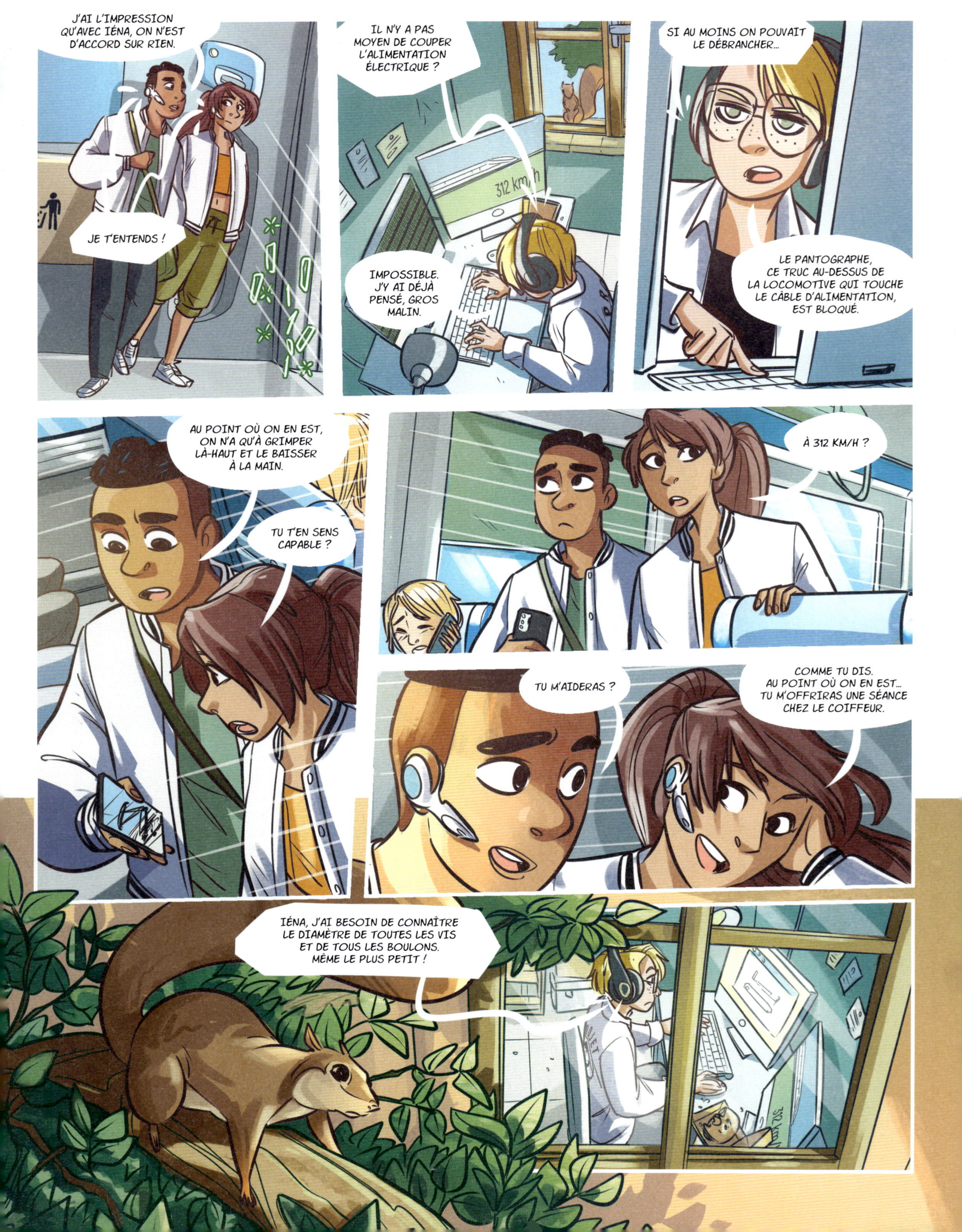
J'AI L'IMPRESSION QU'AVEC IÉNA, ON N'EST D'ACCORD SUR RIEN.
JE T'ENTENDS !
IL N'Y A PAS MOYEN DE COUPER L'ALIMENTATION ÉLECTRIQUE ?
312 km/h
IMPOSSIBLE. J'Y AI DÉJÀ PENSÉ, GROS MALIN.
SI AU MOINS ON POUVAIT LE DÉBRANCHER...
LE PANTOGRAPHE, CE TRUC AU-DESSUS DE LA LOCOMOTIVE QUI TOUCHE LE CÂBLE D'ALIMENTATION, EST BLOQUÉ.
AU POINT OÙ ON EN EST, ON N'A QU'À GRIMPER LÀ-HAUT ET LE BAISSER À LA MAIN.
TU T'EN SENS CAPABLE ?
À 312 KM/H ?
TU M'AIDERAS ?
COMME TU DIS. AU POINT OÙ ON EN EST... TU M'OFFRIRAS UNE SÉANCE CHEZ LE COIFFEUR.
IÉNA, J'AI BESOIN DE CONNAÎTRE LE DIAMÈTRE DE TOUTES LES VIS ET DE TOUS LES BOULONS. MÊME LE PLUS PETIT !

JE TE TRANSFÈRE TOUT ÇA.
PROJET
J'AI TOUT CE QU'IL FAUT. OUVRE-NOUS LA PORTE, QU'ON ACCÈDE AU TOIT.
JE N'Y ARRIVE PLUS. LA PORTE EST DEVENUE SOURDE...
ÉLOIGNEZ-VOUS !
PROJET
OCTO ++
CRASH

CE BOUTON PERMET DE FIXER LA VENTOUSE, ET L'AUTRE D'ANNULER L'AIMANTATION POUR LA DÉPLACER. ÇA VA ALLER ?
J'AI APPORTÉ TOUS MES MUSCLES. ET PUIS J'AI LE NIVEAU 8A+ EN ESCALADE.
ET C'EST BIEN ?
SUFFISANT POUR MONTER LÀ-HAUT.
J'Y SUIS !!!

CRAMPONNEZ-VOUS ! LE TRAIN VA PASSER DANS UN TUNNEL ! LES TURBULENCES VONT ÊTRE TERRIBLES !

STONK
AH ! !
AAAAAHH !!
BZZZZ
ZZZZZZ
ZZ
AAAAAA AAAAAAHHH !!!

SECOUÉS, MAIS ENTIERS !
PAS D'AUTRE TUNNEL À L'HORIZON ?
HORIZON DÉGAGÉ.
OH NON !!!!

QUEL NAZE !
TU N'EN AS PAS D'AUTRE ?
SANS CETTE CLÉ, JE NE PEUX RIEN FAIRE.
TU N'EN AS PAS UNE AUTRE ICI, AU BUREAU ?
OCTO ++
312 km/h
BZZZZ
POURQUOI ? TU VAS ME L'APPORTER ?
JE TE DEMANDE *SIMPLEMENT* SI TU AS, ICI, AU BUREAU, LE MÊME OUTIL QUE CELUI QUE TU AS LAISSÉ TOMBER ! POUR CE QUI EST DE TE L'APPORTER, C'EST MON AFFAIRE ! J'AI ÉTÉ DÉSIGNÉE COORDONNATRICE POUR CETTE MISSION, OK ?
OCTO ++
PROJET
OUI, J'AI UN DOUBLE DE CET OUTIL ! MAIS SI TU VEUX QUE JE TE DISE OÙ, IL VA FALLOIR BAISSER D'UN TON !
J'AI JAMAIS VU UN FOUTOIR PAREIL !
JE T'AI DIT DE BAISSER D'UN...
JE NE T'ENTENDS PLUS, TOM. TOM ? ALLÔ ?
C'EST MOI QUI AI COUPÉ. JE VAIS FAIRE L'INTERMÉDIAIRE ENTRE VOUS. CE SERA... PLUS EFFICACE.

COMMENT VEUX-TU QUE JE TROUVE UNE CLÉ DANS SON FOUTOIR ?
IÉNA ME DIT QUE TU AS BEAUCOUP D'OUTILS. ELLE AURAIT BESOIN QUE TU L'AIDES UN PEU EN ORIENTANT SES RECHERCHES.
LA CLÉ DOIT ÊTRE SUR L'ÉTAGÈRE DU HAUT… OU SUR CELLE DU BAS, OU… COMMENT VEUX-TU QUE JE LE SACHE ?
TOM ME DIT QUE SON SYSTÈME DE CLASSEMENT LUI FAIT PENSER QUE LA CLÉ SE TROUVE SOIT SUR L'ÉTAGÈRE DU HAUT, SOIT SUR CELLE DU BAS.
CLASSEMENT ? IL SE FOUT DE MOI ? S'IL A LE MÊME BAZAR DANS SA TÊTE, JE COMPRENDS QUE SA MÈRE AIT MIS LES VOILES.
IÉNA CHERCHE. ELLE EST EN TRAIN DE S'APPROPRIER TA LOGIQUE DE RANGEMENT.
À FORCE DE BOUFFER DES BURGERS, FAUT PAS S'ÉTONNER QU'ELLE Y VOIE RIEN.

TOM ME DIT QU'AVEC SON DÉPART PRÉCIPITÉ DE CE MATIN, IL N'A PAS EU LE TEMPS DE REMETTRE DE L'ORDRE DANS SES AFFAIRES.
PAS EU LE TEMPS ? IL EST TOUJOURS À LA BOURRE !
IÉNA ME DIT QU'ELLE COMPREND. LES MISSIONS S'ENCHAÎNENT. C'EST DUR POUR TOUT LE MONDE.
SURTOUT POUR ELLE QUI NE QUITTE JAMAIS LE BUREAU NI SON FAUTEUIL !
TOM TROUVE QUE TU FAIS UN TRAVAIL REMARQUABLE EN TANT QUE COORDONNATRICE.
RP 183 RB
JE L'AI !!
ELLE L'A !!

PRISE DE GUERRE.
JE VAIS POUVOIR ENFIN TRAVAILLER EN PAIX !

LA CLÉ EST EN ROUTE !
ELLE SERA LÀ DANS UNE MINUTE QUINZE !
IÉNA, TU ES GÉNIALE.
GÉ... GÉNIALE ? C'EST TOI, GAB, QUI VIENS DE PARLER ?

LES BOULONS SONT GRIPPÉS !
DANS CINQ MINUTES, LE TRAIN ATTEINDRA UNE ZONE DE MONTAGNES AVEC DES VIRAGES. S'IL EST TOUJOURS LANCÉ À PLEINE VITESSE, IL DÉRAILLERA !
QUATRE MINUTES.
TROIS MINUTES.

CLACK
DEUX MINUTES...
PÈSE DE TOUT TON POIDS !
UNE MINUTE !
TONK !

0 km/h
EN ROUTE.

UNE ZONE DE MONTAGNES ? AVEC DES VIRAGES SERRÉS ? RISQUE DE DÉRAILLER ?
C'ÉTAIT POUR TON BIEN, TOM. JE NE VOULAIS PAS QUE TU TE RETROUVES EN ÉCHEC. TU L'AURAIS MAL VÉCU.
POUR... MON BIEN ??!!
QUAND JE T'AI ENTENDU TOUT À L'HEURE ME DIRE QUE J'ÉTAIS GÉNIALE, J'AI CRU QUE TU COMMENÇAIS À DÉPRIMER...
TU NE PAYES RIEN POUR ATTENDRE ! JE VAIS TE •••• ET TE •••• !
CLAP
CLAP
CLAP
CLAP

TOI, ON A UN COMPTE À RÉGLER !
LE SUPERVISEUR VOUS ATTEND TOUT DE SUITE EN SALLE DE RÉUNION.

APPROCHEZ !
AVANCEZ JUSQU'ICI ! VOUS ÊTES NOS HÉROS DU JOUR !
VOUS AVEZ TOUS LES QUATRE FAIT PREUVE D'UN IMMENSE COURAGE ! GRÂCE À VOUS, DES CENTAINES DE VIES ONT CERTAINEMENT ÉTÉ SAUVÉES.
DEPUIS LE GRAND BUG, VOUS LE SAVEZ TOUS, LE RÉSEAU INTERNET EST TRÈS INSTABLE. LA MENACE PLANE, À TOUT MOMENT. C'EST POUR CELA QUE NOUS DEVONS TOUS RESTER VIGILANTS.
GRÂCE À LA COHÉSION DE VOTRE ÉQUIPE, VOUS AVEZ RÉUSSI UN VÉRITABLE EXPLOIT. BRAVO !
GRÂCE À LA COHÉSION DE NOTRE ÉQUIPE...
JE PROPOSE QUE NOUS IMMORTALISIONS CET INSTANT PAR UNE PHOTO.

VOUS ÊTES PRÊTS ? DITES "CHEESE" !
IL Y A TON ÉCUREUIL, LÀ, JUSTE DERRIÈRE.
CHOSE PROMISE, CHOSE DUE. JE VOUS PROPOSE DE DÉCOUVRIR VOTRE NOUVEL ESPACE.

DÉSOLÉ DE VOUS DÉRANGER. VOUS N'AURIEZ PAS VU UN DRONE ?
OCTO++
UN DRONE ?
OH !
BEN NON, C'EST PAS UN DRONE.
SI VOUS LE VOYEZ, PRÉVENEZ-MOI.
C'EST DÉJÀ IMMONDE CHAUD. ALORS FROID, J'OSE MÊME PAS IMAGINER !
AHAH AHAH !

CLICK

TOC
TOC
LA PROCHAINE FOIS, CE SERA NOUS ! ON VOUS ÉCRASERA.
WWAAAAAAHH !!!
PROJET
NOUS SOMMES TA FAMILLE.

207rbx
JE NE SUIS PAS UN DRONE DES VILLES. JE VEUX QUE TU M'EMMÈNES VOLER LOIN D'ICI, DANS LES GRANDS ESPACES. SINON, LA PROCHAINE FOIS, JE NE REVIENDRAI PAS.
D'A... D'ACCORD...
ON VA POUVOIR ENFIN BOSSER TRANQUILLE !
TOM, TU VAS ME PAYER ÇA !

PHOTO
COMPUTER
INTERNET
LOPPY (A:)
CD-R (E:)
SOCIAL
ARCHIVE
C'EST POUR TON BIEN, IÉNA, JE NE VOULAIS PAS QUE TU PRENNES LA GROSSE TÊTE...

Tension du réseau :
9/10

LE GRAND BUG

BONUS

[BONUS 1 : LA FORMATION DU BUG]

[BONUS 2 : MON AMI L'ÉCUREUIL]

EST-CE QUE JE T'AI DÉJÀ RACONTÉ LA FOIS OÙ… OH, LES AUTRES ARRIVENT DÉJÀ.
EH BIEN, POUR UNE FOIS, VOUS ÊTES TOUS À L'HEURE…

[BONUS 3 : LA NAISSANCE D'OCTO++]

AH AH AH
AH
CLAP
CLAP
CLICK
BANDE DE POULPES !
LES POULPES, C'EST MOCHE !
EN ANGLAIS, ON DIT OCTOPUS !
PAS OCTOPUS, MAIS OCTOPLUS !
ON VAUT MIEUX QUE ÇA. JE PROPOSE OCTOPLUSPLUS !
OCTO++, C'EST HUIT FOIS ++ !
PROJET
OCTO++